20193

LA GÉOMÉTRIE

EN VERS TECHNIQUES,

Par DESROIS, ancien Doyen de Mortain.

Rien n'est beau que le vrai ; le vrai seul est aimable.

A PARIS,

Chez l'AUTEUR, rue de la Loi, maison du
C.en DARESTE, n°. 74, près la rue Faydeau.

An IX. — 1801.

A V I S.

On est prévenu que tout ce qui ne se vendra pas chez l'Auteur sera contrefait.

ÉPITRE DÉDICATOIRE
A MES ÉCOLIERS.

Chers Géomètres de Juilly,
Pour qui mon cœur est tout rempli
De bienveillance et de tendresse,
C'est à vous que ceci s'adresse;
C'est à vous que j'offre mes vers.
Ils ne vous rendront point pervers :
La rime en est quelquefois dure,
Mais la vérité toujours pure;
C'est-là leur seule qualité;
C'est-là leur unique beauté.
   Il vous faudra quelque courage,
Pour apprendre un pareil ouvrage.
Mais enfin vous l'avez promis :
Souvenez-vous en, mes amis.
Vous, dont la gloire m'intéresse,
Ah ! faites trève à la paresse.
La paresse a bien des appas;
Mais, sans la gloire on n'existe pas :
Le désir ardent de l'estime
Nous fait faire un effort sublime.
Cette estime, objet de vos vœux,
Le besoin des cœurs généreux,
Voussavez qu'on lui sacrifie
Souvent jusqu'à sa propre vie :
C'est-là le destin des héros;
Elle sait payer les travaux

'De Bonaparte et d'Alexandre.
Mais, bien plus, je dois vous apprendre
Que le plaisir même, ici bas,
Sans le travail ne s'obtient pas.
C'est une vérité constante :
Le reste trompe notre attente ;
Mais le travail a des douceurs
Qui font oublier les rigueurs
De la fortune et de l'envie ;
C'est le soutien de notre vie.
Est-il besoin de vous montrer
Tous les fruits qu'on en peut tirer ?
Être content de soi-même,
Repousser la pauvreté blême,
Aux premiers emplois être mis,
Recevoir chez soi ses amis,
Élever, établir un frère,
Venir au secours d'une mère ;
Tels sont ses fruits doux et charmans,
Et tels sont, ô mes chers enfans,
Les nobles plaisirs de la vie :
Les autres ne sont que folie.

PRÉFACE.

La Géométrie est si cultivée de nos jours, qu'il n'est presque plus permis d'en ignorer les principes. Nos ouvrages modernes les présentent avec une netteté et une précision qui ne laisse rien à désirer. Mais plus ils sont conçus aisément, moins ils se gravent dans la mémoire ; et quelques années de distraction, ou d'une étude étrangère, suffisent ordinairement pour les faire oublier.

C'est à cet inconvénient que j'ai voulu remédier *. Attaché à une maison d'étude, où, conjointement avec les plus solides instructions, l'art des vers est si heureusement cultivé **,

---

* Sans doute, il y a de la folie à une pareille entreprise ; mais si mes vers n'apprennent pas beaucoup de Géométrie à nos jeunes Français, peut-être apprendront-ils un peu de français à nos jeunes Géomètres : car on les accuse de négliger cette partie que nous regardions autrefois comme essentielle, et dont on fait encore beaucoup de cas à Juilly.

** Nous avons vu cette année des Rhétoriciens de quinze ans mettre Virgile en vers français, dont nos Poëtes les plus consommés se feraient honneur. De tels Elèves font assez l'éloge du Collége de Juilly. Mais la plus grande gloire de cette maison célèbre, c'est d'avoir été de tous temps l'école des bonnes mœurs, et de ces principes salutaires qui sont les seuls garans incorruptibles de toute sagesse et de toute vertu.

j'ai bien osé appeler cet art au secours de la Géométrie ; et, à force de lutter contre le plus rebelle de tous les sujets, je suis parvenu à exprimer assez clairement les principes les plus élémentaires. Heureux si l'utile se trouve où l'agréable ne saurait être.

LA GÉOMÉTRIE
EN VERS TECHNIQUES.

Sans surface est le point, le plan sans épaisseur ;
La ligne droite ou courbe est longue sans largeur :
La raison le condamne, et la raison l'exige.
La ligne droite au but constamment se dirige ;
Et c'est, par conséquent, devant tous les humains,
Entre deux points donnés, le plus court des chemins.

La courbe est, au contraire, une route incertaine,
Qui vers le point quitté bien souvent me ramène ;
Mais elle a des vertus qui par-tout font du bruit :
C'est le cercle d'abord qui me plaît et m'instruit.
Voyez l'astre du jour en sa vaste carrière ;
Il promène avec pompe un cercle de lumière,
Forme parfaite aux yeux, dont l'art du Créateur
Sur nos savans esprits revendique l'honneur.

J'établirai d'abord, comme lois générales,
Que les arcques * égaux ont des cordes égales,
Et que les plus grands arcs sont toujours sous-tendus
Par les cordes aussi qui s'étendent le plus.
L'angle, au centre placé par sa propre nature,
Dans les degrés du cercle a trouvé sa mesure :
L'aigu, l'obtus, le droit qui n'a point de rivaux ;
Opposés au sommet, ils sont toujours égaux.

La perpendiculaire a confondu l'oblique ;

---

* C'est une licence que je prends, à l'exemple des anciens poëtes, qui écrivaient *avecque*. Je prends encore celle de faire rimer les dérivés *angle*, *triangles* ; *internes*, *externes*, &c,

Je la démontrerai plus courte sans réplique,
Et que chacun des points, mesuré dans son lieu,
Des deux extrémités tient le juste milieu.
    A l'abri de l'envie, en compagnes fidèles,
On voit marcher de front deux lignes parallèles;
Mais l'oblique sécante, aussitôt survenant,
Va nous faire observer l'angle correspondant.
Il sert à comparer les alternes internes,
Égaux entre eux ainsi qu'entre eux sont les externes.
Deux cercles se touchant en un point, quel qu'il soit,
Leurs centres et le point sont sur un chemin droit.
Si la corde au rayon est perpendiculaire,
Elle est coupée en deux, et la part circulaire.
Parallèles étant deux cordes, j'en conclus
Que deux arcques égaux y seront contenus,
Et que toute tangente à corde parallèle,
Touche au milieu de l'arc sous-tendu par icelle.
    L'angle dont le sommet à la courbe se rend,
A moitié des degrés de l'arcque qu'il comprend,
Lorsqu'il est au dehors, le cas devient complexe,
Du concave moitié, moins moitié du convexe;
S'il est entre le centre et la courbe compris,
Des moitiés des deux arcs les degrés seront pris.
    Avançant pas-à-pas, par des règles austères
Des triangles égaux traçons les caractères.
1.º Entre côtés égaux un angle intercepté;
2.º Les deux angles égaux sur un égal côté;
3.º Les trois côtés enfin tous égaux l'un à l'autre,
Satisfont sur cela mon esprit et le vôtre.
Ces trois règles qui sont faciles à montrer,
Dans d'autres vérités sauront nous faire entrer.
Parallèles gissant entre deux parallèles,
S'offrent par la seconde être égales entre elles.

POLYGONES.

Le nombre des côtés détermine le nom
De chaque polygone ou régulier ou non.
Il est, dans tous les cas, divisible en triangles :
Comptez-en deux de moins que vous ne comptez d'angles ;
Et, prenant pour chacun cent quatre-vingt degrés,
Vous en ferez la somme et la diviserez.
Chaque ligne en un sens se trouvant prolongée,
De tous leurs supplémens la figure est chargée.
La somme de ceux-ci vaudra trois cent soixante,
Entre eux et le total différence constante.
Ensemble étant égaux les angles et côtés,
Les polygones sont réguliers réputés.
Dans le cercle toujours un tel polygone entre,
Soit l'angle intérieur, soit l'angle dit au centre
Est par ce que j'ai dit, aisément supputé,
Rayon dans l'exagone est égal au côté.

Veut-on un polygone à forme régulière,
Qui, répété, recouvre une surface entière ?
Que du cercle complet l'angle soit diviseur.
A l'heureux exagone accordez-en l'honneur.
L'abeille l'a choisi : voyez-la qui dispose
La case où se rendra le tribut de la rose ;
Elle vous instruit mieux que ma triste leçon.
Quand pourrai-je en avoir autour de ma maison ;
Et, cultivant en paix mon coin de la Champagne,
De leurs essaims nombreux enrichir ma campagne ?
Mais à d'autres travaux je me vois condamné.
Rimons en attendant ce destin fortuné.

LIGNES PROPORTIONNELLES.

Coupant l'un des côtés d'un angle rectiligne
En égales longueurs que le compas désigne,

Et de chacun des points où l'on s'est arrêté,
Parallèles menant jusqu'à l'autre côté,
Je soutiens celui-ci coupé depuis le faîte
En parts qui sont aussi d'égalité parfaite.
Si l'on prend nombre égal de ces égales parts,
L'on aura sur chacun ou des tiers ou des quarts ;
Et divisant l'un d'eux au gré de son envie,
Sur l'autre l'on aura la semblable partie :
Le rapport que je cherche ainsi sera trouvé ,
Et je construis l'échelle au plan que j'ai levé.
De-là nous passons droit aux triangles semblables
Dont les propriétés sont inappréciables.
On peut les reconnaître à trois signes certains :
1.° Deux côtés comprenant même angle dans leurs seins,
Et de qui les longueurs sont proportionnelles ;
2.° Les trois faces ayant même rapport entre elles ;
3.° Les trois angles égaux que l'on réduit à deux,
Tels sont de leurs vertus les symptômes heureux.
Je vais, par leur secours, bravant toute défense ,
D'inaccessibles lieux mesurer la distance ;
Je vais , sans y monter , vous dire avec rigueur
Combien votre clocher peut avoir de hauteur.
Ces jeux n'étonnent plus que les yeux de l'enfance:
Nous avons des secrets de toute autre importance ;
Mais pour y pénétrer , il faut que vos esprits
Du désir de savoir soient vivement épris.
   Le triangle rectangle et son hypothénuse
Ont des propriétés que pas un ne récuse ;
La perpendiculaire allant à l'angle droit
De nous les démontrer aura bientôt le droit.
En deux extrêmes parts coupant l'hypothénuse ,
C'est un terme moyen dont au besoin l'on use.
Les deux côtés de plus sont moyens en tout temps

Entre l'hypothénuse et chacun des segmens.
Les cordes ont reçu le don non équivoque
De se couper toujours en raison réciproque.
Sécantes qui font angle en un point mitoyen,
Font chacune un extrême et chacune un moyen,
Ou réciproques sont aux parts extérieures.
Les plus claires raisons sont toujours les meilleures.
La perpendiculaire, au diamètre allant,
Est moyenne aux deux parts, je le prouve à l'instant.
De pareille vertu s'honore la tangente
Entre un côté sortant et l'entière sécante.
Deux figures étant semblables, vous sentez
Que leurs contours entiers sont comme leurs côtés,
Et qu'un même rapport règne sans différences
Entre divers rayons et leurs circonférences.

LES SURFACES.

Amour universel de la propriété,
C'est par toi que notre art un jour fut inventé;
Mais il n'est rien de bon où l'abus ne se glisse,
Et souvent dans nos cœurs tu deviens avarice.
Que ce vilain défaut chez nous soit ignoré.
Pour commune mesure adoptons un quarré :
Son côté, tour-à-tour placé sur chaque face,
Du rectangle aisément nous produit la surface.
Le parallélogramme au rectangle équivaut,
Quand il est aussi large et qu'il n'est pas plus haut.
Vous multiplierez donc la hauteur par la base ;
Opérez lestement, démontrez sans emphase,
Et prenant simplement la moitié du produit,
Au triangle déjà vous vous trouvez conduit :
Puisqu'il est la moitié du parallélogramme,
A mon secours, par-tout, c'est lui que je réclame.

Le trapèze en a deux plus ou moins inégaux ;
Vous prendrez un moyen aux deux côtés rivaux :
L'exagone en a quatre ou six en son enceinte,
Et la surface courbe elle-même est atteinte.
Le cercle est composé de triangles aigus,
Entre un double rayon tout autour contenus.
Vous pouvez, pour facteurs, prendre en toute assurance
La moitié du rayon et la circonférence ;
Mais, hélas ! l'on n'a pu trouver par nul effort
De la courbe au rayon l'introuvable rapport.
N'espérons pas qu'ici notre ignorance fasse
Ce que n'ont pas pu faire et *Lagrange* et *Laplace* :
D'ailleurs, nous avons l'art d'en approcher si bien
Qu'un rapport plus parfait ne servirait à rien.
Il suffit qu'à présent votre tête possède
Celui qu'avait trouvé notre maître Archimède.
Il en est un plus sûr, mais aussi moins succinct ;
C'est celui de cent treize à trois cent cinquant'-cinq :
Il approche du but à des millionnièmes.
L'autre, vous le savez, est les vingt-deux septièmes ;
Multipliez par lui le quarré du rayon,
Vous aurez, sur-le-champ, tout cercle en question.
Vous savez comment sont deux semblables surfaces :
Leur rapport est celui des quarrés de leurs faces.
Les cercles suivent donc les quarrés des rayons :
L'on abrège par là les opérations.
C'est un simple calcul dont tous les jours on use,
Ainsi que du quarré fait sur l'hypothénuse,
Qui vaut les deux quarrés construits sur l'angle droit,
Propriété chez nous renommée à bon droit.
   Maints problèmes jolis sont résolus par elle ;
Par elle, j'ai de deux la racine fidelle.

DES PLANS.

Il est de la nature et l'essence des plans
Que la droite sur eux s'applique en tous les sens :
D'où s'en suit que deux plans forment un plan unique,
Lorsque l'un par trois points à l'autre communique ;
Je veux dire trois points sur deux lignes placés.
Pour toute section une ligne est assez :
Même on peut (mais le cas est rare et difficile)
Par une même ligne en faire passer mille.
Cette exiguité fait peine à concevoir ;
Mais avec la chicane il n'est point de savoir.
Sur un plan une ligne est perpendiculaire,
Lorsque deux angles droits à son pied l'on repaire :
Et si par elle était un nouveau plan conduit,
Droit serait l'angle plan que l'on aurait produit.
Par-là nous découvrons les moyens nécessaires
Pour faire que les plans soient perpendiculaires.
Quant aux angles divers, par leur concours formés,
C'est sur la section qu'ils seront estimés.
Lorsqu'un tiers plan survient sur deux plans parallèles,
Il fait deux sections parallèles entre elles ;
Et l'on retrouve ici les angles différens
Que l'on démontre égaux par les correspondans.

SOLIDES.

Les plans incessamment sont liés aux solides.
Quand des plans de niveau coupent deux pyramides,
On a des sections qui, semblables d'ailleurs,
Marchent dans le rapport des quarrés des hauteurs.
Si donc même hauteur règne entre deux d'entre elles,
Toutes ces sections sont proportionnelles,
Et des bases dès-lors dépend l'égalité,
En volume total ou bien solidité :

Car égale trouvant une base première,
Égale aussi sera la tranche élémentaire,
Dont on peut concevoir ces deux corps composés ;
Tels à Lafère on voit les boulets entassés.
Mais vous m'interrompez : au nom de pyramide,
Votre esprit a déjà franchi la plage humide ;
Il s'égare déjà dans ces célèbres lieux,
Dont le sol a nourri tant d'hommes et de dieux ;
Dont le premier Consul, par plus d'une victoire,
Après quatre mille ans ressuscita la gloire.
Déjà vous prétendez mesurer de vos mains
Ces tombeaux respectés du temps et des Romains.
Mais par cuber le prisme il faut que l'on procède ;
Il en est un nommé parallélipipède,
Dont la solidité facilement se voit :
La figure en relief la fait toucher au doigt.
Il faut multiplier le côté par la base :
Dans cette règle-ci, le prisme droit se case ;
Et quant au prisme oblique, on le dit à bon droit
Ayant même hauteur, égale au prisme droit.
D'ailleurs, tout prisme en lui contient trois pyramides :
Ainsi, pour revenir à ces derniers solides,
Prenez avec la base un tiers de la hauteur,
Et faites le produit de ce double facteur.
Par base de solide, on entend la surface
Du plan horizontal sur qui le corps se place.
Plus nombreux en côtés, ces deux-ci vont nous peindre
La pyramide un cône et le prisme un cylindre.
    Semblablement la sphère a su se convertir
En cent cônes allant à son centre aboutir,
Et qui trouvent chacun leur base à sa surface :
Cette surface seule est ce qui m'embarrasse ;
Mais un détour permis en ces sortes de cas,

Par le cône tronqué me tire d'embarras,
Et me fait voir qu'il faut prendre le pérymètre,
Et le multiplier par le seul diamètre.
Pour la sphère on a donc triple dimension,
Axe, circonférence, et le tiers du rayon.
Par ce tiers, du secteur multipliez la zone,
Et pour faire un segment, retranchez-en le cône.
Le rapport de la sphère à son axe cubé
Sur onze et vingt-et-un est à-peu-près tombé.
Quatre cercles facteurs du sixième de l'axe
Aux deux tiers du cylindre en réduisent la taxe:
Et ce qui paraîtra surprenant en ceci,
C'est qu'on a ce rapport aux surfaces aussi.
Le cône inscrit en eux, pour un tiers intercède;
C'est ce qu'a le premier découvert Archimède:
Aux traces qu'en portait un informe carreau,
Cicéron transporté reconnut son tombeau.
Quel beau secret encore Archimède nous donne,
Lorsque dans le fluide il plonge sa couronne:
L'on peut cuber ainsi tout corps irrégulier,
Et sachant de chacun le poids particulier,
Des métaux confondus connaître l'alliage,
En faire le départ sans altérer l'ouvrage.
    Pour termes de rapport dans les solidités,
Prenez les cubes faits des semblables côtés.
Le vulgaire souvent, trompé par l'apparence,
Dans ces sortes de cas montre son ignorance,
Prenant la ligne au lieu du cube ou du quarré;
Et dans de faux calculs il se trouve égaré.
Si cette erreur, par fois, n'est pas fort dangereuse,
Du moins pour l'homme instruit elle est toujours honteuse.
N'allez pas hésiter sur un pareil sujet.
Mille autre vérités seraient de mon objet;

Mais je m'arrête ici, content pour toute gloire,
Si mes vers quelquefois aident votre mémoire.
De plaire et de charmer ils n'ont pas l'heureux don :
Notre langue n'est pas la langue d'Apollon.
Mais, sans que le compas sur la lyre anticipe,
La rime peut servir à graver le principe,
Indispensable clef qui seule peut ouvrir
Cette noble carrière où vous voulez courir.
Puissiez-vous quelque jour avec gloire y paraître !
Puissiez-vous de bien loin devancer votre maître !
Aidez-vous de Bossut, de Monge et de Lacroix;
Et sans cesse étendant vos plaisirs et vos droits,
Atteignez, s'il se peut, à ce sublime ouvrage
Qui fait le désespoir des savans de notre âge.
L'esprit s'aiguise encore de l'obstacle irrité :
Par un adolescent * Laplace est commenté.

Mais lorsque vous suivrez les astres dans les cieux,
N'en jetez pas sur nous un regard dédaigneux :
Simples dans vos discours, sages dans vos systèmes,
Défiez-vous toujours et d'eux et de vous-mêmes.

* Byot, examinateur de l'école polytechnique.

NOTES DE L'AUTEUR.

Que du cercle complet l'angle soit diviseur.
A l'heureux exagone accordez-en l'honneur.

Pour qu'on puisse couvrir une surface *exactement* avec des polygones réguliers de même espèce, il faut que l'angle intérieur soit tel, que, répété un certain nombre de fois, il fasse 360 degrés.

Ainsi l'angle du quarré étant de 90 degrés, quatre quarrés se rangeront autour d'un même point sans laisser aucun intervalle. L'angle du triangle équilatéral étant de 60 degrés, six triangles équilatéraux se rangeront aussi *exactement* autour d'un même point. Ces deux figures sont donc propres couvrir une surface.

Mais quoiqu'elles soient l'une et l'autre comprises dans la dénomination générique de polygone, cependant ce nom se donne plus particulièrement aux figures qui ont plus de quatre côtés. Or, de toutes ces figures, l'exagone est la seule qui satisfasse à la condition ; car, entre 90 et 120, il n'y a aucun diviseur exact de 360, et il n'y en a aucun non plus de 120 à 180.

Le cercle est composé de triangles aigus ,
Entre un double rayon tout autour contenus.

Une analogie directe nous conduit à juger le cercle de même condition que les polygones, et à regarder sa surface comme un composé de triangles, ou comme un seul triangle qui a la circonférence pour base et le rayon pour hauteur.

Cependant cette manière de considérer le cercle, qui remonte jusqu'à la naissance de l'art, à été jugée insuffisante

par les grands maîtres de ce siècle, et ce n'est pas sans raison.
Ils veulent nous apprendre à ne pas nous contenter en géométrie des preuves d'analogie et de sentiment, et à tout
soumettre, autant qu'il est possible, à la rigueur du calcul.

D'ailleurs les méthodes qu'ils emploient dans ce cas-ci et
dans ceux qui en dépendent, n'excluent jamais entièrement
l'idée d'infini, et ne sont, en quelque sorte, que des vérifica-
tions, puisqu'on est toujours obligé de supposer et de mettre
en avant l'expression que l'on est censé chercher.

> Nous avons l'art d'en approcher si bien,
> Qu'un rapport plus parfait ne servirait de rien.

En effet le rapport de 113 à 355, d'Adrien Métius, ayant
un quotient vrai jusqu'au septième chiffre décimal, donne
celui de 1 : 3,1415926, ou celui de 10000000 : 31415926.
C'est-àdire, qu'il faudrait un cercle dont le rayon eût plus
de dix millions de pieds ou de 666 lieues de diamètre, pour
qu'il y eût un pied d'erreur dans la circonférence calculée
sur le rapport.

Mais l'on pousse quand on veut l'approximation encore
plus loin, et presque à l'infini, puisqu'on a déterminé jusqu'au vingt-septième chiffre décimal.

ERRATA.

Épitre Dédicatoire, vers 18, sans la gloire ; *lisez* : sans gloire.

Idem, vers 59, être content ; *lisez* : être satisfait.

Page 14, après le vers 26, on a omis ces deux-ci :

Il en est où la base est bonne en tous les sens,
La pyramide à quatre, et le prisme à six plans.

Il est inutile d'observer que, pour entendre ces sortes de vers, il faut être déjà un peu géomètre. Il s'agit ici de la pyramide triangulaire et du prisme quarré, dans lesquels on prend pour base une quelconque des faces, indifféremment.

L'Auteur donne actuellement des Leçons à Paris, chez lui et en ville.

www.ingramcontent.com/pod-product-compliance
Ingram Content Group UK Ltd.
Pitfield, Milton Keynes, MK11 3LW, UK
UKHW020919140726
13695UKWH00006B/2610